A

LA FRANCE,

Par C. d. N.

CAEN,

IMPRIMERIE DE CHARLES WOINEZ,

Rue Notre-Dame, 98.

1845.

A

LA FRANCE,

Par C. d. N.

CAEN,

IMPRIMERIE DE CHARLES WOINEZ,

Rue Notre-Dame, 98,

—

1845.

ENVOI ET DÉDICACE

A M. LE VICOMTE DE CH....

——

Courtisan du malheur ,
Homme au destin sublime
De la religion le premier défenseur,
Quand au milieu du doute amené par le crime
Le Français s'endormait sous le poids de l'erreur ,
Permets que le matin où j'essayai mon aile,
La sentant faible encor j'implore ton appui :
L'alouette et la tourterelle
Risquent leur humble chant quand le soleil a lui.

C. d. N.

——

EPIGRAPHE.

Ut mihi, nam spero, se possint jungere multi,
Carmine, dùm placeat, fortia verba dabo.

A LA FRANCE.

Cavale, à l'instinct infidèle,
Faut-il qu'un centaure puissant
Sur ton dos s'élançant en selle
Et, comme d'un étau, pressant
Avec ses pieds ton flanc rebelle
Le couvre d'écume et de sang?

Reverrons-nous, dans ton histoire,
Ces jours d'exécrable mémoire
Qui mêlaient le chant du soldat,
Appuyé sur sa carabine,
Au coup sourd de la guillotine
Dont le couteau glisse et s'abat?

Verrons-nous quelque Law moderne,
Mais plus funeste agioteur,

Faire de Paris la caverne
Où l'on vend son âme et l'honneur,
Y spéculer sur l'infamie
Des obscurs avides d'emplois,
Puis, à force d'ignominie,
Des champs de la France avilie
Faire une vaste Quincampoix?...

Non : tes défauts que je déplore,
Eux-mêmes feront ton salut ;
Les beaux jours reluiront encore,
Tu reviendras à la vertu !
C'est là ce que nous devons croire.
Tu ressembles à la Victoire,
Cette femme au cœur inconstant
Qui n'aime qu'à sa fantaisie,
Qui s'enfuit à peine saisie,
Car elle veut changer d'amant.

Oui : tout ce feu de la jeunesse,
Loin de m'inspirer la terreur,
Me donne une sainte allégresse,
Car il indique la vigueur.
Et si quelque trembleur s'empresse
De crier partout ta vieillesse,
Et que ton sang est ralenti....

Levons-nous !.....
    Et devant sa face,
Pour écraser sa lâche audace,
Disons tous : il en a menti !

France, ton courage transporte,
Car le courage suit l'honneur ;
Si la tête parfois t'emporte,
Toujours il te reste le cœur !
Et ce guide, à fière parole,
Qui jamais ne fléchit en rien,
A travers l'ouragan qui vole,
Te force à retourner au bien.

Sans cesse, tu veux, la première,
Courir au-devant du succès ;
Généreuse autant que légère,
En avant ! c'est le cri français.
Tu sais dédaigner la cuirasse,
Aucun rempart ne t'embarrasse,
Pour toi le péril est un jeu !
Et, partout où la foi l'attire
Ton prêtre s'envole au martyre,
Ainsi que tes soldats au feu !

Honneur à toi ! quelles ressources
Ne caches-tu pas dans ton sein !
Je te suis à travers tes courses
Dans les siècles. Quel grand dessein
Te destine à régler le monde
Qui, de loin, te voit vagabonde
T'agiter, sans jamais t'asseoir,
Malgré tes désordres féconde,
Et t'imite pour te valoir.

Il te vit, vieille Druidesse,
Au cri de Clovis triomphant,
Quitter tes dieux, te faire abbesse,
T'enfermer aux murs d'un couvent ;
Et cependant rude, bouillante,
De combats encore palpitante,
Au milieu des hymnes pieux,
Tu t'avances, la main sanglante,
Et la volupté dans les yeux.

Il te vit, arrêtant la horde
Du peuple entier des Sarrasins,
Marcher au torrent qui déborde,
Ecraser leurs nombreux essaims ;
Et, sous ton martel qui s'abaisse,
S'élève et retombe sans cesse,

De Tours, jusqu'aux murs de Poitiers,
Etonnant l'Europe attentive,
Rougir les eaux, changer la rive
Et les campagnes en charniers.

Il te vit avec Charlemagne
Unir, au royaume du Franc,
Le vaste empire d'Allemagne,
Le duché lombard ; et Roland,
Devenu type de vaillance,
Porte partout le nom de France
Avec le bruit de ses travaux ;
Et la populaire romance
A chanté long-temps Roncevaux !

Il te vit, avec un hermite,
Nous montrant ce que la foi peut,
Te lever, t'armer au plus vite,
Marcher en criant : Dieu le veut !
Et, le premier à la croisade,
D'un seul bond, ton peuple vainqueur
Alla camper comme un nomade
Au pied du tombeau du Sauveur !
Enfin, l'aiguillon de l'exemple,
A l'Europe qui nous contemple
Parvient ; ils se sont décidés.

D'autres saisissent leur bannière ,
Mais elle flotte la dernière :
Les Français les ont précédés !

❦

Plus tard , tu tombes divisée
Aux mains des perfides Anglais.
Scènes d'horreur et de risée...
C'en est fait... mais non, tu parais
Sous l'étendard de la Pucelle,
Les cieux aidant : gloire immortelle !
Les étrangers sont repoussés.
Nous restons Français , et la France
A déjà plus que l'espérance ;
Elle a vaincu , les Anglais sont chassés !

❦

Puis, réformatrice fougueuse,
Tu lances, des murs de Noyon ,
Cette doctrine insidieuse
Qui détruit en disant : prions...
Calvin est là , déjà tout change ,
On rejette la Vierge et l'Ange ;
Dans le Pape on voit l'ennemi :
Alors, pour sortir de l'abîme ,
Tu venges la foi par un crime ;
Tu fais la saint Barthélemy...

Enfin tu redeviens fidèle
Au trône de tes souverains,
Au bon Henri, tranquille, belle
Et florissante dans ses mains.
Sous ton grand roi, chaque puissance
Te combat et voit tes succès ;
Tout en maudissant ta vaillance,
Elle emprunte ta bienséance,
Tes usages et tes progrès.

Louis, ainsi qu'un astre, avait des satellites ;
Car, pour accroître sa splendeur,
La France enfanta les mérites
Que sut appeler sa grandeur.
Dès lors se dressa dans l'histoire,
Qui retentit de son renom,
Le siècle impérissable et fait pour la mémoire,
Le siècle de Louis, quatorzième du nom !

Abandonnant les airs rigides
Qu'impose un monarque exigeant,
Tu te frises, et tu présides
Les petits soupers du Régent.
Autour d'une joyeuse flamme,
Dans un livre où l'on niait Dieu,
Tu prépares ce jour infâme

Où , sur l'autel de Notre-Dame ,
Apparut la Raison, fille de mauvais lieu !

Allons, célébrez vos orgies,
Tout est à bas ; soyez contents !
Vive l'enfer ! chantez , impies ,
Chantez ! c'est la faute des grands.

Ainsi, se drapant de scandale ,
On vit l'épouse d'un César
Quitter la couche impériale ,
Pour se ruer au lupanar,
Où , sans apaiser sa luxure,
Disent les auteurs étonnés ,
Elle se jetait en pâture
Aux bras des goujats forcenés.

Puis , ce géant de la victoire
Que la fortune a dépouillé ,
Te plongea dans un bain de gloire
Pour y laver ton corps souillé.
Marengo , Novi , Pyramides,
Austerlitz , Wagram , Friedland !

Beaux noms ! nos oreilles avides,
Et notre cœur tout palpitant
Sentent je ne sais quelle ivresse
Quand résonne une forte voix
Qui vous proclame avec noblesse.
Répétons encore une fois,
Marengo, Novi, Pyramides,
Austerlitz, Wagram, Friedland !
Mais ne soyons pas plus timides
Pour signaler l'acte éclatant,
Sacré, religieux, immense
Qui, grâce au vouloir du héros,
Vint rendre au chrétiens de la France
Leur Dieu, leurs temples, leurs tombeaux !

Prions avec reconnaissance ;
Oui : Français, prions sur ses os.
Il abusa de sa puissance ;
Mais que ses hauts faits furent beaux !

Après tant de hasards, de ton calme inquiète,
Du caprice tu suis la loi ;
En trois jours ton pouvoir rejette
Un vieux prince : il meurt loin de toi !
Et l'orphelin dont tu fus fière
Et qui dut régner sur Paris,

Vit dans une auguste misère
Qu'ennoblissent les fleurs de lys :

En cinquante ans, la Providence
N'aura pas voulu tant punir
Et tant glorifier la France
Pour la voir aujourd'hui dormir.
Elle dort ; comme une nourrice,
L'homme aux écus la berce en comptant son argent ;
Mais que tout endormeur frémisse !
Ce n'est que de l'enivrement ;
Rebecca nouvelle, elle porte
En ses flancs un autre Israël.
Croyez-vous qu'Esaü l'emporte ?
Non, non ! Jacob est immortel !

Ils arriveront, ma patrie,
Les jours de tes destins heureux
Où, se tendant des mains amies,
Et l'antique foi de nos preux
Et la science réunies,
Viendront s'embrasser toutes deux.

Que n'ai-je la voix d'Isaïe
Pour te prédire tes grandeurs !
Et la harpe de Jérémie
Afin de pleurer tes malheurs !
Mais quoiqu'il t'arrive..... misère....
Bonheur..... ô mon pays, sois mon unique amour !
Jusqu'au dernier instant je bénirai ma mère,
Car, France, je te dois le jour.

C. d. N.